마지막 거인

마지막 거인

Les
Derniers
Géants

프랑수아 플라스 글·그림
윤정임 옮김

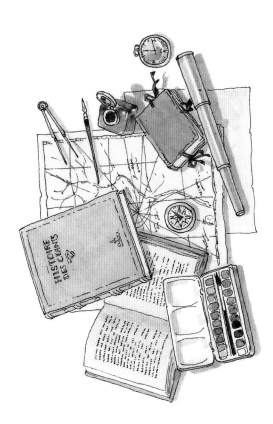

*design*house

Les Derniers Géants

아 너무도 익숙한 그 목소리가 애절하게 말했습니다.

"침묵을 지킬 수는 없었니?"

내 인생을 송두리째 바꾸어 놓은 그 물건을 사들인 건, 부두를 산책하던 어느 밤이었습니다. 그것은 이상한 그림이 조각되어 있는 아주 커다란 이[齒牙]였지요. 내게 그걸 판 사람은 오랜 세월 배를 타고 다녀, 피부가 검게 그을리고 배발이 성성한 늙은 뱃사람이었습니다. 노인은 고래 사냥을 하며 먼바다를 돌아다니다가 만난 말레이시아 잠수꾼에게서 그걸 얻었노라고 말했습니다. 그것은 어느 고래 이빨에 그림을 새겨 넣은 하찮은 물건이 아니라 진짜 '거인'의 이'라며, 나이 들어 근근한 생활만 아니라면 절대로 팔지 않을 거라고 했습니다. 부적처럼 몸에 지니고 다니던 물건이란 떠나보내기 아쉽다는 말을 덧붙이며 그는 아주 비싼 값을 불렀습니다.

나는 빼한 숨이수라고 여기면서도 얘기가 재미있어서, 27니에 그 물건을 내 것으로 만들었습니다.

집에 들어오자마자 나는 새로 산 그 물건을 서랍터 연구하기 시작했습니다. 바짝 달아오른 내

호기심은 차츰 놀라움으로, 그다음에는 말똥감으로 바뀌어 있습니다. 에서틈지 않은 크기(거의 주먹만 했

지요)의 그 이든 여든의 어금니와 꼭 닮았던 것입니다.

이에 세밀하게 그려진 그림을 몇 달간 세심히 관찰하고 치밀하게 연구했습니다. 내 끌질기 노

틀이 이 뿌리 안쪽 면에 새겨진 미세한 지도를 받견함으로써 내 상상은 단언 형상

틀이 뒤얽혀 있어 쉽게 갈피를 잡을 수 없었습니다. 하지만 강의 흐름과 산맥을 그리고 그 사이에 끼

여 있는 지역만은 분명하게 드러났습니다. 내 시가의 아주 오래된 책에 묘사된 바에 위하면 그것은

'검은 강'(티베트에서 발원하여 중국, 태국, 미얀마를 거쳐 인도양으로 함몰하는 살인강 중 티베트를 흐르는 상류를 일

컬음-옮긴이)의 원천(源泉)에 있는 '거인족이 나타나'를 틀림없어 있습니다.

나는 곧 가방을 꾸리고 긴 여행을 준비했습니다.

그리하여 1849년 9월 29일 아침에 나, 아치볼드 테오볼드 부스모어는 중심한 가정부 에밀리 아에게 서식스의 소중한 저택, 특히 서재에 있는 사랑스러운 골동품들을 잘 돌보아 줄 것을 당부하고 작별 인사를 했습니다.

집들이 배에 실렸고, 나도 곧 그 뒤를 따라 정든 영국 땅과 강판을 이어 주는 계단 위로 올랐습니다. 이윽고 배가 출발했습니다.

육지에서 멀어지자마자 선장은 배의 돛을 모두 올렸습니다. 동인도 회사의 오래된 무역선은 잠잠한 선체를 기울이며 불어오는 미풍 속을 달리기 시작했습니다.

내가 머물던 섬 선실은 비좁고 악취가 풍겼으며, 나무 칸막이는 신체가 흔들릴 때마다 끔찍하게 삐걱댔습니다. 그럼에도 나는 집에서 가져온 수많은 책을 위쪽이며 가인족의 나라를 좀 더 깊이 연구하려고 애를 썼지요.

저녁이면 갑판 위에 누워 몇 시간이고 별들을 바라보았습니다. 파도를 따라 흔들리는 뱃머리에는 깃털 같은 물거품이 일었지요. 그걸 보며 나는 사라지는 세상들, 잊힌 샘들, 미지의 땅을 꿈꾸었습니다.

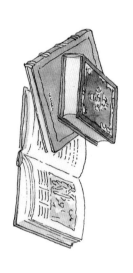

배는 많은 양의 향초와 채피를 싣기 위해 콜카타에 정박했습니다. 그곳에서 나는 옛 학창 시절

의 친구를 찾아갔습니다. 친구는 인도에서 합법적인 무역으로 재산을 꽤 모았으며, 실론(스리랑카의 옛

이름─편집자)에서 광증을 오가는 선박들과 해외 상권들을 소유하고 있다고 자랑했습니다. 하지만 친

구가 머물고 있던 통나무집의 뱃전은 말수업이 꽤나 서툴린 모습이었습니다. 어쨌거나 그는 조심성이

많고 세심하게 남을 배려할 줄 아는 사람이었습니다. 자신의 통역관을 흔쾌히 내어 주었으며, 아무런

질문도 하지 않은 채 내가 미얀마의 마르타반에서 내릴 수 있도록 도와주었습니다. 사실 나는 상인간

을 가슴더 올라간 생각이었습니다.

그러나 통역관이 소개한 두 명의 안내자 때문에 도중에 돈주머니의 반이 털린 것은 물론이고, 우리 모

험의 조건을 협상할 기준한 시간까지 허비하고 말았습니다.

나는 스무 명 정도의 건장한 남자들을 두 척의 증강비 소형 보트에 나누어 태웠습니다. 첫 번째 배에는 야영 물자와 생필품을 싣고, 이 지역에 익숙한 뱃사람의 지휘 아래 돛을 펼쳤습니다. 나는 기중한 도구들을 실은 두 번째 배에 탔지요. 그 배에는 시계, 나침반, 육분의, 사냥 무기, 천체 망원경, 표본 저장 용기, 식물 표본용 압연기 그리고 자질구레한 여러 물건들이 실려 있었습니다. 성실하고 과학적인 여행자가 갖추어야 할 최소한의 물품이었지요.

이렇다 할 난관 없이 두 탐간의 항해를 한 끝에, 드디어 '검은 강'을 거슬러 오르기 시작했습니다. 뱃사공들은 노의 박자를 맞추기 위해 가볍고 신 목소리로 단조롭지만 가슴을 에는 노래를 불렀고, 그 소리는 숲의 이빨 같은 음산한 절벽에 메아리쳐 되돌아오곤 했습니다.

강 위쪽으로 갈수록 절벽들이 좁게 다가왔습니다. 양안은 급류를 가두려며 튀어 오르는 물

살로 점점 더 거세어졌습니다. 금기야는 배의 무게를 줄여야 했습니다. 우리는 충한 어려움 속에 짐

을 내버려 가며 강기슭을 거슬러 올랐고, 안쪽에 절러 비둥대는 작은 배를 온 힘을 다해 앞으로 끌어

당겼습니다. 이 힘겨운 작업 중에 두 명의 선원이 걸은 물살에 휩쓸려 사라져 버렸습니다.

상류에 이르자 절벽은 사라지고 이번에는 울창한 삼림이 나타났습니다. 우리는 정글에서 풍기

는 고약한 악취, 이끼와 부엽토의 진은 냄새에 잠겨 들었습니다. 이따금 강기슭을 어슬렁거리던 호랑

이가 우리를 향해 위협적인 소리를 내지르고는 빽빽한 삼림 속으로 사라지고는 했습니다.

우리는 봄볕 가까이 짙푸른 나무들이 우거진한 터벌을 노 지어 나갔습니다. 부러진 나뭇가

지, 반쯤 썩어 문드러져 떠다니는 나무 조각들, 키가 작은 마디채처럼 음산하게 뒤엉킨 칡덩굴의

흡을 방해했습니다. 지쳐 버린 사람들은 투덜거렸습니다. 나는 일행 중 대부분을 배에 태워 돌려보

내고, 가장 용감한 사람들만을 추려 내어 남은 길을 계속 가기로 했습니다. 물은 그들에게는 후한 보

수를 약속했지요.

우리는 외진 마을에서 잠깐 휴식을 취했고, 그곳에서 보잘것없는 충두 지부와 회의 한 통을 온

순한 몸소 세 마리와 맞바꾸었습니다. 그렇게나마 해서 무거운 집을 실어 나르는 고역을 줄이며 건신

힘 앞으로 나아갈 수 있었지요. 울창한 삼림의 냄새가 칠게 배어 있는 축축한 공기 속에, 그만그만한

단조로운 날들이 이어졌습니다. 끊임없이 걸리적거리는 나무뿌리들을 건너뛰고, 낯가로운 돌멩이들

에 세 넘어지고, 거머리들이 들끓는 늪지대에서 허우적거리며, 사정없이 물어뜯는 모기와 개미들

을 견뎌 내야 했습니다. 탐험은 고행이었습니다.

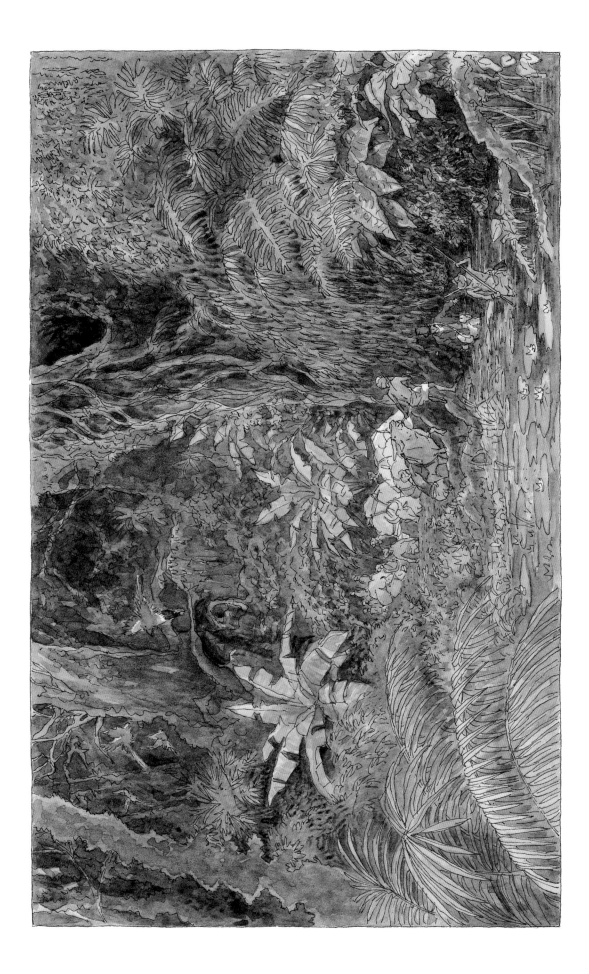

휴식을 위해 멈추어 설 때마다 나는 식물군과 동물군의 표본을 채집했습니다. 그 지역에는 상당히 다양한 종류의 나비들이 서식하고 있었습니다. 일기를 쓰느라 신경만을 지새우는 날도 많았습니다. 우리가 거쳐 온 거대는 지형이 험난해서 실제적인 측정이 불가능했습니다. 출직히 나는 한시한 지리학자였습니다! 그래서 수첩을 지참한 수채화로 채우며 그 부족함을 만회하려 했습니다. 무릭감과 절망감이 엄습할 때면 '거인의 이'를 손으로 움켜쥐며 용기를 되찾곤 했습니다. 하지만 그런 방제조차 없었던 일행은 점점 더 불안에 떨었습니다. 그들은 앞으로 나아가는 것을 몹시 두려워했습니다. 그도 그럴 것이 우리는 사람의 머리를 절단하는 기이한 습성을 가진 외족의 나라 변두리에 머물고 있었던 것입니다.

어느 날 밤, 피를 다 얼어붙게 하는 외침 소리에 잠이 깼습니다. 내 잠자리를 가려 주었던 거대

한 고사리 덤불 사이로 나는 무참하게 살육되는 원정대원들의 모습을 무기력하게 지켜봐야만 했습

니다. 위쪽은 그 이름값을 톡톡히 했습니다. 그들은 눈에 띄지 않게 살그머니 야영지를 에워싸고는

코브라처럼 신속하게 휴전하던 것입니다. 무기를 받지 두었던 보초는 경계 신호를 보낼 겨를도 없이

죽임을 당했습니다. 기습은 채 1분도 걸리지 않았습니다. 위쪽은 벌레들의 울음소리와 시끄러운 원

숭이들에게 정글을 넘겨주고는 재빨리 사라져 버렸습니다.

나는 얼이 빠진 채 팔딱거리는 가슴을 진정시키며, 남아 있는 소소한 물건들을 주섬주섬 챙겼

습니다. 시계와 나침반, 수첩들, 설탕, 치와 과자 그리고 다정한 어밀리아가 만들어 준 과일 잼 단지.

그것들을 보자 눈물이 솟구쳤습니다.

오던 길로 되돌아간다는 건 확실한 죽음 속으로 뛰어드는 일이었지요. 여전히 주변을 배회하고 있을 원주민이 소름 끼치는 그들의 수집 목록에 실크해트를 쓴 내 머리를 추가하는 일을 마다할 리가 없을 테니까요. 난 되도록 오래오래 머리를 간직하려다 다짐하며 북쪽을 향해 걸어갔습니다. 계속으로 막이었습니다. 정글은 어느새 수풀이 듬성듬성한 사바나로 바뀌어 있습니다. 앞에는 거대한 바위산의 장벽이 놓여 있었고, 그 뒤로는 눈 덮인 산맥이 장엄하게 뻗어 있었습니다. 얼마 남지 않은 식량으로 그 산맥을 넘겠다는 건 정말이지, 미친 짓이었습니다.

피로와 추위와 허기는 내 충실한 동반자였습니다. 그것들이 좋은 미끼였던 온갖 유혹을 지

도 분명히 기억합니다. 그 유혹에 너무 기울인 나머지 이성마저 흐틀리고는 했습니다. 삶이 나

에게 원한을 갖고 있다는, 그것도 아주 지독한 원한을 품고 있다는 생각이 들었습니다. 난 결국 미친

듯이 웃음을 터뜨렸고, 너무도 크게 나온 웃음소리에 산 전체가 나를 따라 웃어 댔습니다. 바로

그 순간, 내 계획이 얼마나 황당무계했는지 명백하게 드러났습니다. 갑자기 한 줄기 빛이 절벽의 얼

굴에 잠시 번지는 미소처럼 모서리 틈새에서 비쳐 왔습니다. 빛줄기는 내 발치까지 깊게 길을 내어

주었습니다. 나는 얼른 주저앉았습니다. 돌바닥에 패어 있는 기괴한 흔적을 알아보았던 것입니다. 기

인의 발자국을!

가슴 속 심장이 쿵쿵거렸습니다. "이럴 수가! 이럴 수가!" 나는 바닥에 새겨진 홈집을 따라가면서 계속 그렇게 중얼거렸습니다. 홈집들은 연한 나무를 쇠도끼로 내리찍은 자국처럼 선명했고, 수직으로 갈라진 절벽의 틈새를 따라 비좁은 바윗길로 이어졌습니다. 나는 절벽 사이에 난 아마아마한 높이의 통로를 향해 조심스럽게 걸어 나갔습니다. 햇빛을 가리고 있는 높다란 벽면은 현기증을 일으켰습니다. 마침내 시야가 탁 트였습니다. 절벽 너머로, 산등에 빙 둘러싸이고 크는 바윗덩어리들이 여기저기 흩어져 있는 거대한 계곡이 눈앞에 펼쳐졌습니다.

그날 밤은 커다란 만좀을 안식처로 삼아 잠을 청했습니다. 다음 날은 제 코끝을 탐사했습니다. 바위들은 하나같이 기괴한 모양이었습니다. 그중에서도 꼭대기가 둥그렇고 눈구멍같이 생긴 굴이 파여 있는 상앗빛 바위가 유난히 내 관심을 끌었습니다. 그건 사람의 머리였습니다. "여기는 거인들의 묘지구나. 드디어 목적지에 도착했어!" 수많은 시련과 삶의 그리고 회의 끝에 마침내 진실이 되어 버린 미지의 나라에 도착한 것입니다.

나는 신들의 축복을 받은 그날의 나머지 시간을 과학적으로 탐구하는 데 바쳤습니다. 밤쯤 드디어 뼈의 놀라운 크기를 기록하고, 어떤 대가를 치르더라도 잊어서는 안 될 생생한 인상을 생동감 넘치는 그림으로 그려 냈습니다.

32

제국의 지형도를 제작하는 데만 꼬박 한 달이 걸렸습니다. 일일이 세어 본 해골의 수는 110억 개였지만, 땅속에 더 많이 묻혀 있으리라는 생각이 들었습니다. 몇몇 두개골에는 기이한 불빛이가 모자처럼 엮여 있어 제게 의식의 대상이었음을 암시하고 있었습니다. 전부 다 3,000~4,000년 전 것이었습니다. 다만 이 종족이 전멸하게 된 이유만이 여전히 풀어야 할 신비로 남아 있었지요.

제국은 북동쪽에 안으로 휘어지며 원형 형태로 고원까지 이어졌습니다. 나는 거대한 돌계단을 하나하나 걸어 올라갔습니다. 얼마 전부터 나는 이끼와 나무뿌리에 설탕을 조금씩 뿌려서 먹었고, 바위 구멍에 고인 물로 연명해 왔습니다. 몹시 탈진했기에 모든 시간 감각이 사라졌고 거의 실신 상태가 되어 고원에 이르렀습니다. 엷빛 하늘을 떠받치고 있는 거대한 기둥들이 눈에 들어왔습니다. 기력이 다하자, 나는 그만 깊은 잠에 빠지고 말았습니다.

땅이 가볍게 흔들렸지만 기운이 다한 나는 조금도 움직일 수가 없었습니다. 차가운 햇살이 내 눈가를 들어 올리긴 했으나, 이내 거대한 돛대 그림자가 햇살을 가려 버렸습니다. 이런 끔찍한 일이! 돛대 하나가 나를 향해 기울어지는 게 아닙니까? 돛대는 믿을 수 없을 만큼 감미로운 목소리로 내 이름을 불렀습니다. 내 정신이 이 정도로 혼미해진 걸까? 아니면 환영인가?

불안감이 가슴을 죄어 왔습니다. 굳어 버린 입술에서는 말소리는 비명조차 나오지 않았습니다. 야윈 내 몸은 열에 들떠 덜덜 떨렸습니다.

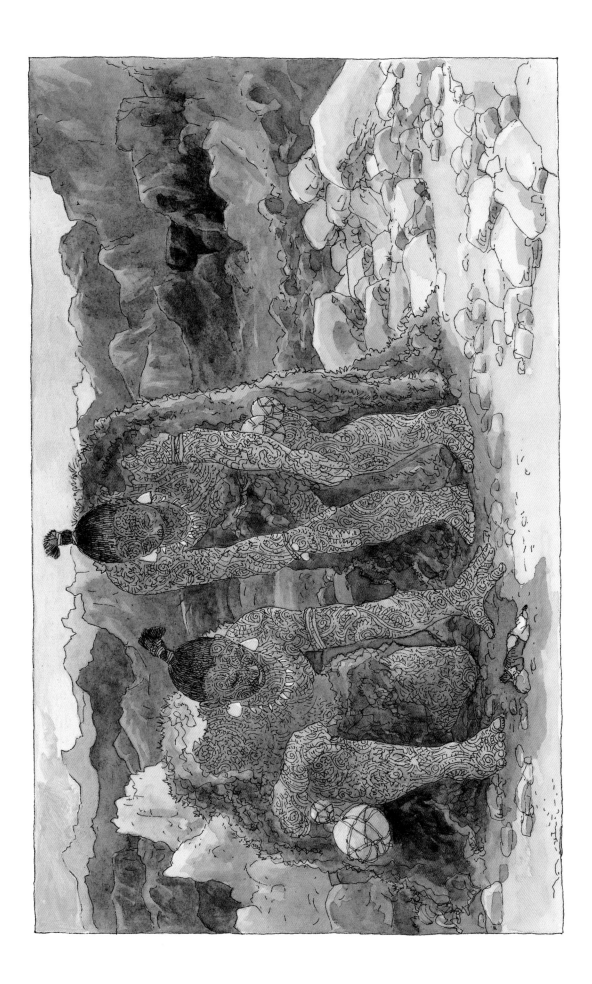

뭔가가 내 몸을 공중으로 들어 올렸습니다. 군신투성이의 얼굴 네 개가 나를 뚫어져라 바라보고 있었습니다. 나는 다시 기절해 버리고 말았습니다.

꽤 오랜 시간이 흐른 뒤 정신을 되찾았을 때는, 그 모든 악몽이 무어라 말할 수 없을 정도로 아름다운 꿈으로 변해 있었습니다. 그곳은 바로 살아 있는 거인들의 나라였습니다.

그들은 정성껏 내 몸을 돌봐 주었던 모양입니다. 온몸의 피로가 씻 가셨거든요. 아니, 더할 수 없이 기분 좋은 상태였습니다. 거인들의 감미로운 목소리(마치 세이렌 요정의 목소리 같았지요)를 들으며 그들과 스스럼없이 어울리는 나 자신이 몹시 자랑스러웠습니다. 이제 내게는 그들을 알아 가고 이해하는 일만이 남아 있었습니다. 모든 상황을 고려해 볼 때 그 일은 나, 아저씨노 메오폴드 무스모어에게 꼭 맞았습니다.

처음 만난 날 이후로 그믐은 나를 아이처럼 돌봐 주었습니다. 끝없는 밤을 지새우며 우리가 나누었던 진실한 교류는 지금도 또렷이 기억납니다. 밤새도록 별들을 차례대로 불러 대는 그믐의 목소리는 서로 뒤섞이고는 했습니다. 그것은 유려하면서도 복잡하고 반복적인 멜로디와 미묘한 변주, 세련된 트릴, 서정적인 비행으로 장식된 낮고 심오한 음조로 짜여 있었지요.

무심한 사람의 귀에나 단조롭게 들릴 그 천상의 음악은 한없이 섬세한 울림으로 내 영혼을 오성의 한계 너머로 데려다주었습니다. 우연히 나는 오래전부터 별들의 움직임과 하늘의 세심한 관찰해 오던 터였지요. 그래서 일종의 이중어 사진을 기획하고는 각각의 별자리에 상응하는 음악의 소절을 붙여 주었습니다.

거인들은 남자 다섯에 여자 넷, 모두 아홉 명이었습니다. 그들의 몸에는 화외 이를 포함하여 머리부터 발끝까지 구불구불한 선, 소용돌이 선, 뒤얽힌 선, 극도로 복잡한 점선들로 이루어진 정신없이 혼란한 금박 문신이 새겨져 있었습니다. 찬찬히 들여다보면 이 환상적인 미로에 얽혀 진 섬세한 알아볼 수 있는 이미지들을 구별해 낼 수 있었지요. 가장은 나무, 식물, 동물, 꽃, 강, 태양의 모습이었습니다. 이렇게 그려진 각각의 악보는, 한밤중에 그들이 하늘에 대고 부르던 기도의 음악에 대지가 희박하여 부른 진정한 노래였던 것입니다. 이 모든 것을 그려 내느라 내 수첩은 두 개밖에 남지 않았답니다! 그래서 글씨는 점점 촘촘하게 쓰고, 그림도 점점 더 작게 그려야 했지요. 내 수첩의 모든 페이지는 어느새 거인들의 피부를 닮아 갔습니다.

그들 역시 내가 작업하는 모양을 아주 재미있게 바라보곤 했습니다. 그게 춤처럼 보였던 지루하지 않은 볼거리였던 모양입니다. 그제야 난 그들 중 누구도 그림을 춤으로만다는 걸 깨달았습니다.

밑바닥부터 맨 꼭대기까지 그들 몸 전체에 그려져 있는 그 그림들은 도대체 어떻게 생긴 것

일까요? 나는 게임을 중에서 가장 키가 큰 인탈리의 등을 잔식하고 있는 아홉 명의 인간 형상들 사이

를 열 번째 인물이 드러나기 시작하는 것을 알아보았습니다. 처음에는 불분 분명했다가 점차 무엇해진

그 인물은, 그들 가운데 가장 키가 작았고 실크해드를 쓰고 있었습니다!

더구나 그들의 피부는 내 기의 미세한 변화에도 반응하는 것처럼 보였습니다. 실탈거리는 미

풍에도 떨렸고, 햇빛을 받으면 황금빛으로 빛났으며, 호수의 표면처럼 일렁이다가, 폭풍 속 대양처럼

잠잠하고 어두운 색조를 띠기도 했습니다.

그래야 왜 그들이 이따금 애처로운 눈길로 나를 바라보던지 깨달았습니다. 그들은 왜소한 내

체구보다도 말 못하는 내 피부를 더 가엾게 여겼는다는 인간은 말이 없는 조

제었던 것입니다!

거인들은 식물, 흙, 바위를 아주 가끔 먹어 봤습니다. 난 그네들이 은모래 가루를 뿌린 편암으로

맛있는 파이를 만들거나 장밋빛 석회 조각을 입에 넣고 군침을 흘리는 모습을 터뜨렸습니다.

그들은 내게 식물들을 일러 주었고 난 거의 1년간 그것으로 연명했습니다. 준비 과정은

비밀에 부쳐 가며 자기들이 특별히 만들어 낸 국을 맛보여 주기도 했습니다. 그것은 큰 강의 진흙처럼

혀에 가만있어 화산의 용암처럼 부글부글 거품 빛깔을 남겨 놓습니다. 그 주된 재료는

'거인의 풀'이라는 건데, 그 풀은 언제가 본 아주 오래된 옛날 책에 어섯프게 묘사되어 있었지요. 나

는 그 풀을 내 가지로 분류하고는 서둘러 이름을 지어 주었습니다. 루스모어 만드라고라(사람의 형상

을 닮은 약용 식물로 마법의 힘이 있다고 일러짐 —옮긴이), 아처봉드 만드라고라, 테오풀드 만드라고라, 어밀

리아 만드라고라고라고…

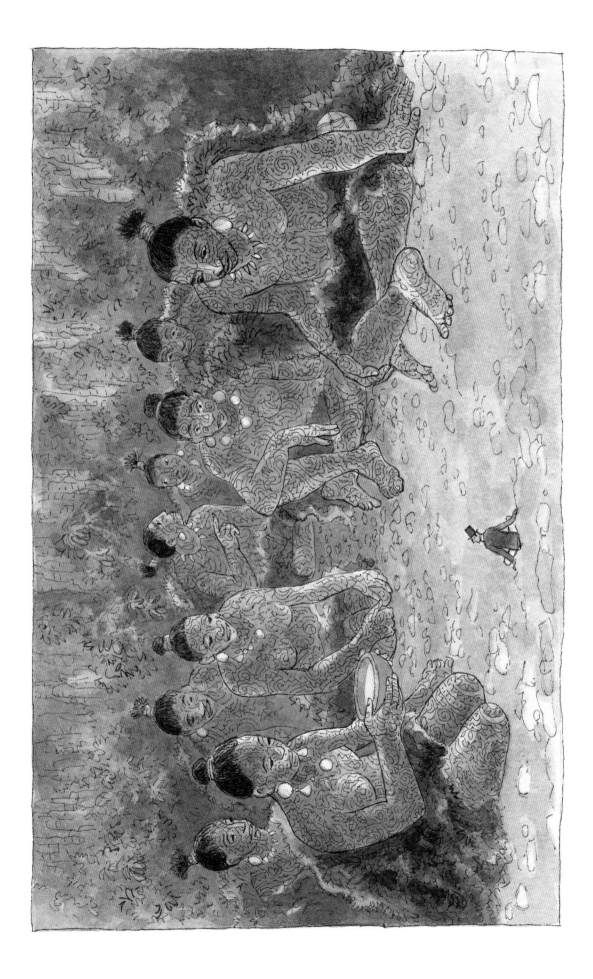

거인들은 내가 켜들을 받을 수 있도록 바위 오두막도 지어 주고, 풀과 이끼와 온갖 종류의 나무껍

질로 짠 이상야릇한 외투 한 조각을 이불 삼아 덮게 했습니다. 그들의 넓은 어깨로부터 땅임이 흘러

내리던 그 외투는 거인들의 살풍월을 어두운 숲으로 뒤덮인 바위산처럼 보이게 했지요. 또 무직한 흰

박쥐들을 보석처럼 귀에 말고 다녔고, 화석화된 나무 둥지로 만든 거대한 곤봉을 늘 차고 다녔습니다.

그들에 대한 여러 의문은 나를 붐비 보게 만들었습니다. 이들은 정말 섬에 빼뜨렸을까요? 아니면 마지

막 후에들인가? 어째서 아이가 없을까? 사람들의 접근이 불가능한 다른 지역에 또 다른 거인들이 남

아 있을까?

나는 별들과 천상의 물체들의 춤을히 새겨진 체물의 피부에서 41개의 헬리 혜성을 발견했는

데, 이것이야말로 체물이 3,000년 이상 살아 있었다는 사실을 인정하는 것이지요! 그리고 순록에

나이테처럼 새겨진 줄무늬는 깨어 있던 시간과 수면 시간을 나타낸다는 사실을 인정하게 되었습니다. 그

걸 계산해 보니 그들은 200년 동안에 겨우 3년 정도만 깨어 있었을 뿐, 거의 모든 시간을 수면으로 보

내고 있었습니다.

봄이 되자, 그들은 몇 날이고 계속해서 격식을 갖춘 결투를 벌이며 서로 힘겨루기를 했습니다.

나머지 기인들은 구경을 하며 환호와 격려를 보냈습니다. 그들은 제각각 재주와 민첩함, 힘과 패기를 뽐냈습니다. 바위 던지기와 높이뛰기 시합도 하고, 춤도 추고 씨름도 했습니다. 밤이면 제철의 순환과 천체의 운행, 불과 땅과 공기와 물이 끝임없이 결동하면서도 서로 결합하는 모습을 즐겼습니다.

그들의 삶은 흠잡을 데 없이 완벽해 보였습니다. 하지만 나는, 내가 함께할 수 있는 일이 아무것도 없는 그들의 감미롭기만 한 노래와 끝없이 이어지는 의식에 그만 진력이 났습니다. 내 시선은 먼 곳의 진홍빛 하늘을 훔쳐 헤매느라 누부신 산꼭대기 너머를 방황하곤 있었습니다. 내 그들과 함께 지낸 지가 거의 열 달이 되어 가고 있었지요.

거인 친구들은 내 마음의 변화를 금세 알아챘습니다. 그들 역시 내가 들어가기를 바라고 있었습니다. 왜냐하면 의식이 끝나고 나면 사람을 나누는 시간이 돌아오기 때문이었지요. 그리고 나서 시간이 되어 거대한 군중에 불을 기대면, 거구의 머리는 쪽을 하늘에 닿거나 숨은 구름 안개 속으로 사라져 버리고, 눈개풀이 끝없는 꿈과 함께 열이면 거인들은 잠 속에 빠져들곤 했습니다.

이별의 시간이 다가왔습니다. 그들은 제각기 작은 호박 조각을 내에게 선물했고 거기에 소중한 마음을 실어 주는 듯했습니다. 난 점토 점홈으로 만든 초그만 조각품을 끈에 매달아 거인의 곁에 있었습니다. 거인 친구들이 그토록 자주 웃으며 바라보았던, 우스꽝스러운 실크해트를 쓴 사람의 모습을 조각한 것이었지요. 안탈란와 체오는 걸 수 있는 한 멀리까지 저를 데려다주는 임무를 맡았습니다. 난 눈물에 젖은 거인 친구들을 마지막으로 돌아보았습니다.

우리는 티베트의 높은 고원을 건너 중앙아시아의 초원 지대까지 다다를 수 있었습니다. 나는 안탈란와 체오의 어깨에 올라앉아 아래의 풍경을 내려다보았습니다. 거인들이 내디는 걸음 폭은 마을 하나가 자리 잡을 수 있을 정도였습니다.

그들은 밤이면 바람에 밀려가는 구름처럼 빠르면서도 조용히 걸었습니다. 낮에는 이끼 덮인

바위나 언덕 모양을 취하고는 길게 몸을 쉬었습니다. 그들은 멀리서 우리 쪽으로 곧장 다가오고 있

는 대상隊商을 2,3일 전 밤부터 점찍어 두고 있었습니다. 개인 친구들은 내 손에 천연 金조각 및 개

를 떨어뜨려 주었고, 그 순간 나는 몹시 놀랐습니다. '사람들이 이 가루金을 사용한다는 걸 어떻게 알

았을까' 하고요. 우리들은 슬프 작별의 인사를 나누었습니다. 안탈라의 뺨 위로 거인의 굵은 눈물이

흘렀습니다.

대상은 소란스러운 소리를 앞세우고 다가왔습니다. 먼저 구름 속에 잠긴 수많은 사람은 마치

움직이는 마을을 연상케 했습니다. 차츰 다가올수록 드높은 외투로 포근하게 몸을 감싸고 말 위에 탄

사람들과, 그들에게 둘러싸인 채 무거운 짐을 싣고 흔들흔들 걸어오는 시커먼 낙타의 무리가 분간되

었습니다.

가끔 그들 가운데 한 사람이 말을 채촉하며 행렬에서 떨어져 나왔습니다. 그리고는 길 없는 짐

승이나 갓 태어난 양, 고집쟁이 늙은 말을 무리로 다시 이끌었습니다. 또 다른 이는 수평선 끝에서 진

속력으로 말달려왔습니다. 그 남자는 혼자 나섰던 사냥의 전리품을 주렁주렁 매단 털북숭이 작은 말을

타고 있었습니다. 파리한 모기는 후끈한 열기 속을 훑어 날아다녔고, 시큼한 밤과 똥 냄새, 가죽 냄

새, 상한 우유의 악취가 진동하는 가운데 울부짖고 고함치는 온갖 소리, 소 울음과 드럼 소리, 낙타

울음, 양들의 울음, 되새김질 소리가 들렸습니다. 드디어 나는 인간들의 세계로 돌아와 있었던 것입

니다.

내 주머니 사정은 말과 가방을 장만하는 데 아무 어려움이 없었습니다.

나는 대서양을 따라 초원 지대를 지나 1,000킬로미터를 넘게 달렸습니다. 그런 다음에는 이르쿠츠크를 향해 발길을 돌렸지요. 그곳에는 나와 처신을 나누던 친구가 있었고, 그 친구는 언제라도 나를 환대해 줄 만반의 준비를 하고 있었습니다. 난 가능하면 빨리 영국으로 돌아가고 싶었지요. 초겨울에 시베리아를 횡단하는 일이 무모함을 끝없이 늘어놓던 친구의 설득은 아무 소용도 없었습니다.

난 조금도 흔들리지 않았습니다. 하는 수 있는 말, 눈썹매, 마부 단잠지 않은 행정만 있으면 호기심을 피해 가는 데 필요한 통행증 마위를 마련해 주었습니다. 나는 기록적인 시간으로 모스크바에, 그다음에는 상트페테르부르크에 도착했습니다. 그리고 여권이 되자마자 영국으로 출발하는 첫 배를 탔습니다.

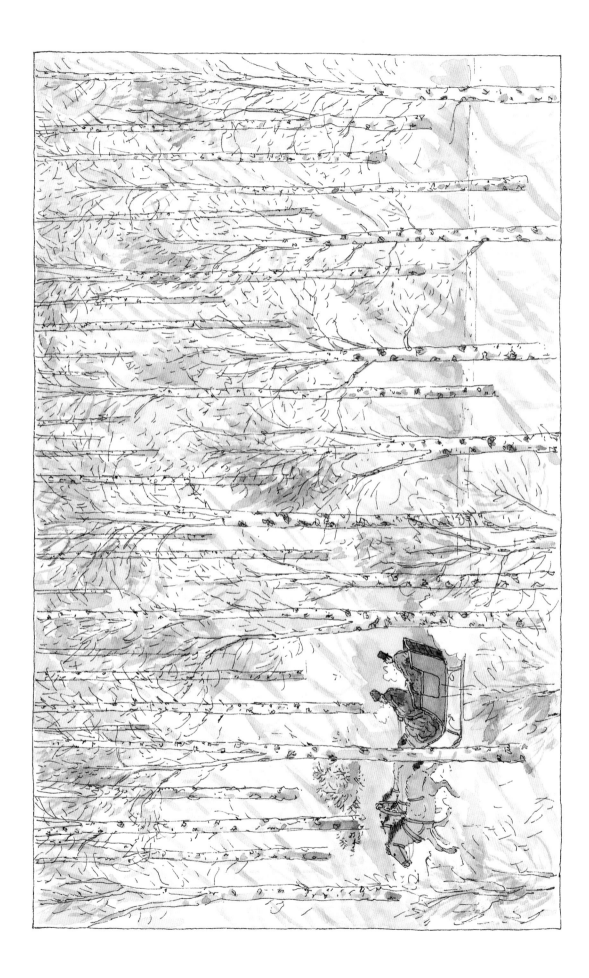

집 문틈을 빠는 순간 나는 이루 말할 수 없는 기쁨에 젖었습니다. 집을 떠난 지 정확히 2년 7개

월 3주일하고도 5일 만이었습니다.

내 딸에 쓰러지며 안긴 어밀리아의 두 뺨에는 주르르 눈물이 흘렀습니다. 무엇보다도 먼저 내

야인 몸과 벽돌처럼 탄 피부를 보고 걱정하는 어밀리아를 안심시켜 주어야만 했습니다. 나는 아주 건

강했으니까요.

다음 날부터 아침부터 밤으로 무스무어는 일에 착수했습니다. 사람들은 나의 침묵, 온갖 사

교계 모임에 대한 거듭된 사양, 일체의 성가신 방문을 완강하게 거절하는 근데 내 방문을 보며

우려의 목소리를 높였습니다. 세상은 다시금 내 푸근한 서재만 한 크기로 줄어들었지요. 괘종시계는 또

박또박 작동했고 내 펜은 종이 위를 날아다녔습니다.

내 책은 1858년 8월 18일에 출간되었습니다. 모두 아홉 권으로 구성되었지요. 처음 두 권은 타이탄, 이블란스, 카클룹스, 파타르고 등 개인족에 관련된 신화와 전설에 주석을 달아 완벽한 연구서로 다듬어 쓴 것이었습니다.

3권은 개인족들의 생존을 위협하는 수많은 증거와 여담으로 꾸몄습니다.

4권과 5권은 내가 발견했던 개인족에 대한 보고서였습니다. 종족의 풍속과 관습을 자세히 설명하고, '3,000개의 노랫말' 사전을 첨가하여 개인들의 음악 언어에 대한 이해를 도왔지요. 끝으로, 모두 권으로 된 삽화집을 만들기 위해 영국 최고의 판화가들에게 도움을 청했고, 아주 신중한 감수를 거쳐 내가 그려 놓았던 대생을 정확하게 모사하도록 했습니다.

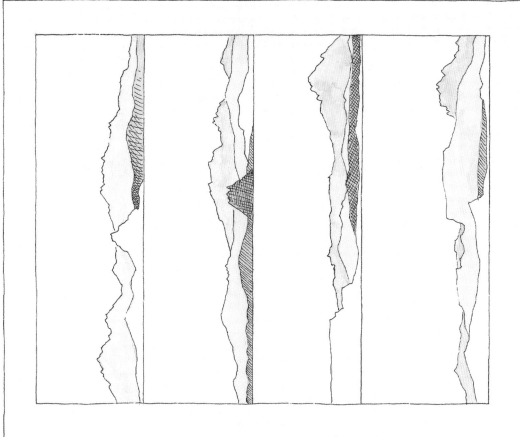

책은 과학 단체의 가친 반발에도 불구하고 대단한 성공을 거두었습니다. 하지만 내가 오래전

부터 자주 느니들었던 탐험가 클럽은 나를 외면했습니다. 원럼 지리학회에서는 나를 요주의 인물로

지목했지요. 신문들은 '협잡꾼!'이니 '세기의 발견자!'니 하며 대문짝만하게 제목을 뽑아 소란스레 이

일에 끼어들었습니다.

원한, 질투, 무지가 불러일으킨 이 모든 진창 구덩이를 내가 만족스러워했다고 여기지는 말아

주시기를. 오히려 나는 무슨 위대한 발견자는 예나 지금이나 동시대인들의 분노와 경멸에 부딪힌다

는 걸 생각하며 스스로를 위로했습니다. 돈독한다고 믿었던 우정들도 혼란에 빠져들고 말았지요. 그

러나 다행스럽게도 지명한 동료 학자들의 든든한 지렬을 받았습니다. 첼소 다만은 친히 내게 편지를

써 보내며 성원을 아끼지 않았습니다. 프랑스의 소르본 대학은 오로지 나를 위해 '개인 종합학'이란

강좌를 특별히 마련하고 초빙 의사를 밝혀 왔습니다. 하지만 나는 파리의 어떤 장관이 한사코 제 옷

깃에 달아 주겠다던 훈장을 사양했던 것과 마찬가지로 대학의 제의 또한 거절했습니다.

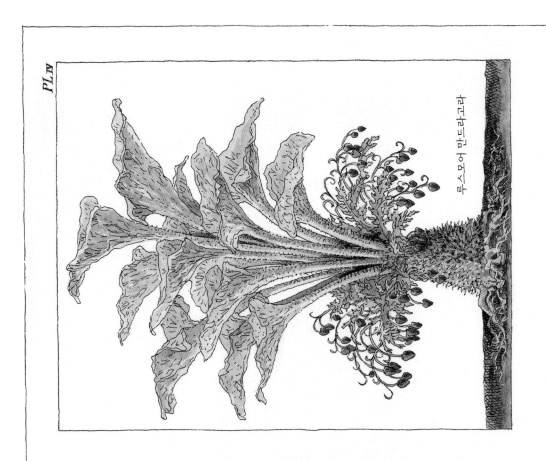

PL IV

루스모어 만드라고라

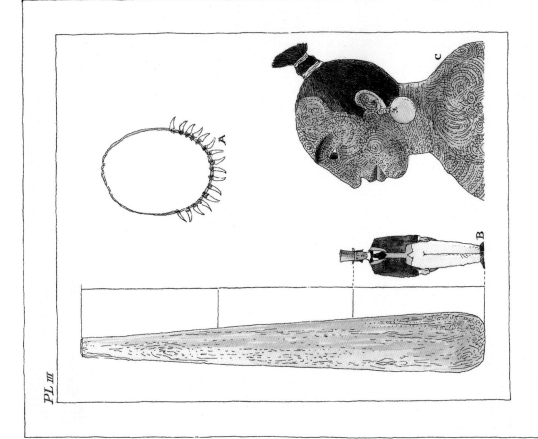

PL III

사람들은 나를 온갖 측면에서 공박했습니다. 생명 기능의 치명적인 저하 없이 몇 세기를 수면 상태로 지낸다는 것은 불가능하다, 단지 이를 땅만 생존하고 있는 사람진 개인족이라니 이치구니없

는 이야기다, 고유한 문신을 지렁로 만들어 내는 피부는 순진히 꾸며 낸 이야기다, 개인들의 춤과 격

부는 지구의 자전을 교란하고 일편의 지질을 촉발하지 않겠는가!

이 모든 비난과 끝없는 논쟁은 내 결심을 더욱 확고하게 만들 따름이 있습니다. 불순하고 소소

한 지식에 젖어 있는 소인배들의 눈물 뜨게 해 주는 것이 진리의 의무요, 학문의 도의라고 생각했습

니다. 마침내 사람들은 오지의 골째기에 사는 거인족의 발견자이자 대변자인 나, 아처블드 매오롤드

루스모어의 말을 경청하게 되었습니다.

PL. XII

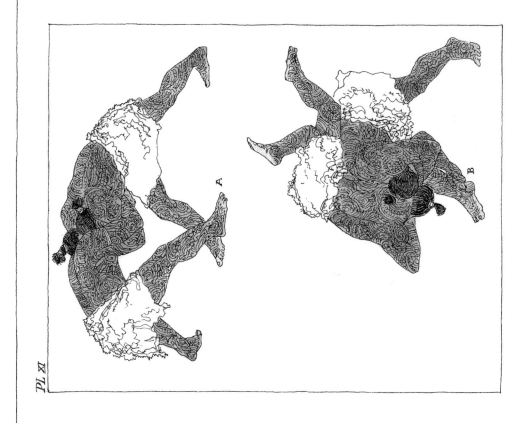

PL. XI

그리하여 천국을 둘때 순환강역을 시작했습니다. 사람들이 가득 찬 대형 강당에 들어서면 우

뢰와 같은 박수와 야유의 휘파람이 동시에 쏟아졌습니다. 파도치듯 거센 함의의 물결이 일면 발치에

들이 닥쳤고, 모자들이 날아가고 몸싸움이 일어나면 지방 경찰의 보호를 받아 뒷문을 통해 빠져나오

곤 했습니다.

나는 뉴욕 시장의 초청으로 미국을 방문했고 강연장을 매운 학자들은 앞에서 내 주장을 펼쳤습

니다. 그 강연은 성공적이었습니다. 그곳 사람들은 나를 믿고 도와주며 격렬할 만반의 준비가 되어 있

었습니다. 기금이 탑지했고 곧 두 번째 원정을 계획할 만큼의 충분한 돈이 마련되었습니다.

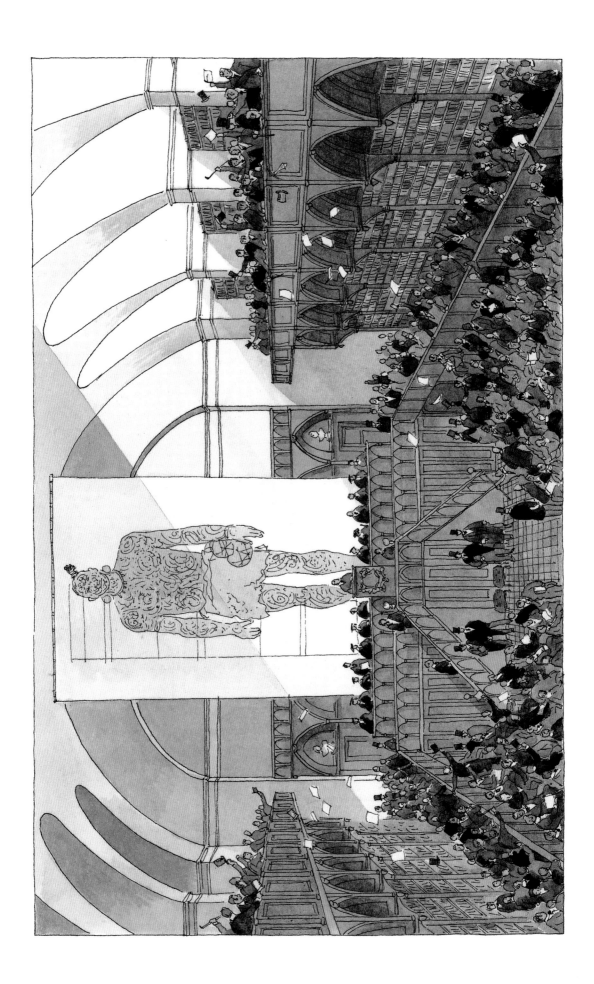

두 번째 여행에는 동료 학자 하나가 동반했고, 이 모임에 마음을 빼앗긴 젊은 대생 화가도 함께 따라나섰습니다. 우리가 마른 타방에 도착하자 대대적인 소동이 일어났습니다. 나의 명성이 이미 그곳까지 퍼져 있었던 것입니다. 영국의 지배 아래 있는 미얀마 남쪽 지방에서 밀수일을 하던 내 친구는 그 같은 상황을 최대한 이용하려 했습니다. 그는 이 축제를 도맡아 준비했습니다. 도시의 저명인사들이 모조리 부두에 나와 우리 일행을 맞이했고, 지마다 뜨거운 악수를 청했지요. 나는 사람들에 둘러싸여 이리저리 밀려가면서 승리감에 도취되어 땅에의 연단으로 인도되었습니다. 그런데 그곳에는 예기치 못한 놀라운 일이 기다리고 있었습니다.

70

나쁜 소리와 북소리가 울려 퍼지는 가운데 여섯 마리의 소가 끄는 마차에 실려 다가오는, 이름 답고 고귀한 거인 안탈리의 머리가 보였습니다.

나는 갑자기 온갖 소란 속에서 분노와 고통에 사로잡혀 침묵에 빠져들고 말았습니다. 깊이를 모를 슬픔의 심연, 그 밑바닥에서 갑미로운 북소리가, 아! 너무도 익숙한 그 북소리가 애절하게 말했습니다. "침묵을 지킬 수는 없었니?"

사람들은 내가 그토록 애타게 발견해 냈던 가이브의 나라까지 기꺼이 동행해 주었습니다. 최근에 점검을 가졌지만은 때 뿔어 놓은 길을 따라 우리는 곧 그곳에 도착할 수 있었습니다.

가이 친구들의 시체는 차살을 맞은 고래의 몸뚱어리처럼 거대하고 보였것습니다. 그 주위로 사람들이 분주히 움직이고 있었습니다. 사이비 학자를, 도적들, 온갖 종류의 협잡꾼들이었습니다. 모두 먼 훗날 어느 박물관에가 소장될 이 유해들을 잇슬을 챙기려는 속셈이었습니다. 나는 유해들을 그곳에 묻기 위해 단호하게 싸위야 했습니다. 너무도 격렬했던 내 분노와 고통에 누구 하나 대항하지 못했습니다.

무거운 마음으로, 엄숙하게 빛나며 이동거리는 그들이 화려한 모습을 마지막으로 들어다보았습니다. 밝거지에 걸려들면 이내 사라져 버리는 신혼바다 속의 반짝이는 물고기 빛깔처럼 그 모습도 마지않아 사라져 버릴 것입니다. 그들은 가장 아름다운 그네들의 비밀과 함께 배반당한 우리의 우정도 가지고 떠났습니다.

가이브들이 실제한다는 달콤한 비밀을 폭로하고 싶었던 내 어리석은 이기심이 이 불행의 원인이라는 것을 나는 마음속 깊이 너무도 잘 알고 있었습니다. 내가 써낸 체들은 포병 연대보다 더 확실하게 가이브를 살육한 것입니다. 별을 꿈꾸던 이들 평의 아름다운 가이브 평예 눈이 멀어 버린 못난 남자, 이것이 우리 이야기의 전부입니다.

이제 아치볼드 테오폴드 루스모어는 더 이상 글을 쓰지 않습니다. 서재를 가득 채웠던 책들은 모조리 기증해 버렸고, 집과 나머지 재산은 어린이에게 물려줬습니다. 그리고 그는 고기잡이배의 선원이 되어 바람과 하늘만을 바라보며 살고 있습니다. 발에는 각질이 생겼고, 동아줄에 거칠어진 손에는 온통 못이 박이고, 언제나 흠뻑거리는 짚음 세에서는 배의 움직임이 느껴집니다.

내리는 항구마다 그곳에서 새롭게 듣는 이야기, 전설, 노래를 묻에 세겼습니다. 이때금 저녁 무렵의 선창가에서는 그의 이야기에 열중한 채, 빙 둘러앉아 호기심 어린 눈빛을 반짝이는 아이들을 만날 수 있습니다. 그는 아이들에게 수많은 여행담과 너른 바다와 대지의 아름다움에 대해 들려줍니다. 하지만 자신의 기증품 상자 맨 밑바닥에 가만히 놓여 있는 그 이상한 물건, '거인의 이' 이야기는 절대로 하지 않습니다.

스스로 자기 집을 부수고 있는 인간들에게

최재천

이화여자대학교 자연과학대학 석좌교수

이 책을 읽는 동안 내내 제 가슴속에는 커다란 바윗사탕 하나가 녹고 있었습니다. 마지막 제 책을 읽는 경이로움이 회사하게 제 가슴을 메워 가고 있었던 것입니다. 그런데가 한순간에 그 시리도록 아름다운 꿈이 아픔으로 변하고 말았습니다. "침묵을 지킬 수는 없었나?"라고 묻는 인탈라의 에절한 목소리가 제 귀에도 들리는 듯했습니다. 저 역시 자연을 연구하는 사람으로서 종종 이런 번민에 빠집니다. 자연의 비밀을 캐내어 세상에 알리는 것이 제 직업이지만 때로 그냥 숨겨 주고 싶을 때가 있습니다.

예전에 학생들과 함께 지리산 자락에서 자연 탐사를 하던 중 이제는 이 집발한 땅에서 참으로 보기 어려운 반딧불이를 발견했었습니다. 칠은 군청색 밤하늘을 배경으로 눈부신 초록빛을 발하는 그 작은 곤충이 너무도 사랑스러워 우린 밤이 이슥하도록 하늘만 바라보았습니다. 40~50년 전만 해도 웬만한 시골이면 밤마다 그리 어렵지 않게 반딧불이들을 볼 수 있었지만, 요즘엔 어디 반딧불이가 나타났다고 하면 우선 신문에 납니다. 그리고 나면 그곳에 온 세상 사람들이 다 모여 축제를 하며 야단법석을 떨게 되죠. 그 통에 반딧불이들은 점점 더 살 곳을 잃어 가는 줄 아는지 모르는지. 그날 밤 우리는 늦도록 그 주변 산야를 뒤졌지만 기껏해야 서너 마리 정도를 찾았을 뿐입니다. 그래서 우리는 그냥 우리만 알고 있고 세상엔 알리지 않기로 했습니다. 한문적인 기록에는 작은 구멍이 날지 모르지만 이렇게라도 자연을 가끔 숨겨 취야 할 것 같았습니다.

2000년대 초반 우리나라에 '호사도요'라는 매우 흥미로운 새가 무려 100여 년 만에 처음으로 그 모습을 드러냈습니다. 새들은 거의 예외 없이 암수 한 쌍이 함께 자식을 키우는 완벽한 일부일처제를 유지하며 삽니다. 그런데 호사도요는 신기하게도 일처다부제를 따릅니다. 한 암컷이 여러 수컷을 거느리고 산다는 말입니다. 대개 암컷이 수컷보다 훨씬 화려하고 몸집도 더 큽니다. 암컷들끼리 서로 세력 다툼을 벌여 제가끔 자기 영역들을 차지하면 수컷들이 그 안에 들어와 둥지를 틉니다. 암 컷은 자기 터 안에 들어온 수컷들과 차례로 짝짓기를 한 뒤 둥지마다 알을 몇 개씩 낳아 줍니다. 그러면 수컷들이 둥지에 올라앉아 알을 품지요.

이 같은 일처다부제는 인간의 경우는 말할 나위도 없거니와 새들의 세계에서도 매우 드문 일

입니다. 아니 이런 귀한 새가 우리 산하에 살고 있었다니 정말 반가웠습니다. 하지만 기쁨은 잠깐이

었습니다. 그런 호사도요를 밥정했다며 협정에서 찍은 사진과 함께 서식소가 충청남도 무슨무슨

군이라고 밝혀 놓은 대문짝만한 기사를 읽으며 나는 그만 가슴을 쓸어내려야 했습니다. 이제 곧 사람

들이 떼처럼 몰려갈 텐데. 임무리 해쳐지는 않는다라도 그들을 보겠다고 사람들이 몰려가면 그들은

더 이상 그곳에서 살기 어려울 텐데. 답답한 나무람에, 그는 그럴까 봐 엉뚱한 지역의 이름을 적어놓았

니다. 저의 섬금한 나무람에, 그도 기자의 섬금을 어긴 것입니다. 하지

만 저는 그때 그 기자가 너무나 고마웠습니다.

습니다. 반딧불이를 숨겨 준 제가 확지가 않았듯이 그도 기자의 섬금을 어긴 것입니다. 하지

지역에게 길은 곧 죽음입니다. 지금, 이 순간에도 우리는 열대 곳곳에 행하니 길을 뚫고

있습니다. 그 길을 따라 깊은 숲속에서 수백 년 동안 행복하게 잘 살던 거대한 나무들이 실려 나옵니

다. 나무들이 사라진 빈자리은 대지에는 더 이상 동물들이 살지 못합니다. 길은 우리 인간의 지연의

가슴에 내리꽂는 비수입니다. 이 길은 비수는 열대에만 꽃히고 있는 것이 아닙니다. 나무들에만 꽃히

는 것도 아닙니다. 출산광역시 중주구 배화강 상류에는 세계적으로도 유례를 찾기 어려운 암각화가

새겨져 있는 곳입니다. 마치 이 책에 나오는 거인들의 문신처럼 그 암벽에는 옛날 선사

시대에 살았던 온갖 동물들의 모습이 새겨져 있는 곳입니다. 우리의 '영혼을 오성의 한계 너머로 안내할

그 '한없이 섬세한 청상의 음악'이 새겨져 있습니다.

그런 곳을 출산광역시는 대대적인 관광지로 개발했습니다. 많은 관광객이 편안하게 그곳까지

들어올 수 있도록 진님 험곡을 뚫어 넘은 길을 닦고 대규모 주차 시설과 박물관을 지었습니다. 죽음

의 길을 뚫는 김에 아예 관도 싶어 나를 수 있도록 시원스레 뚫을 작정이었나 봅니다. 막대한 비용을

들여 그 아름다운 영혼들에게 한꺼번에 거대한 사육 시설을 내렸습니다. 그 고대의 영혼들을 처음으

로 발견하여 세상에 알렸던 고고학자는 통한의 눈물을 쏟았습니다.

주인공은 자신을 가리켜 '한심한 지리학자'라 했습니다. 저는 어렸을 때 지도와 함께 살았습니

다. 아버지께서 어느 날 무척 커다란 세계 지도를 한 장 가져오셔서 제 방 천장에 붙여 주셨습니다. 그

그날부터 저는 동생과 함께 매일 밤, 불을 끄기 전에는 어김없이 지명 찾기 내기를 하곤 했습니다. 그

렇게 몇 년을 하고 나니까 제 머릿속에는 불을 꺼도 그 세계 지도의 구석구석이 고스란히 남아 있게

되었습니다. 아마도 저는 생물학자가 되지 않았다면 지금쯤 지리학자가 되어 있을 겁니다. 아니면 탐

험가가 되어 있거나. 제 방 천장에 붙여 있었고 있었던 지도는 분명 평면이었지만 그 위를 거닐던 제 마음은

늘 수많은 언덕과 계곡을 넘나들고 강과 바다를 건너고 있었지요. 동생이 특별히 찾기 어려

운 오지의 이름을 불러서 온 지도를 몇 번이고 훑어도 찾지 못할 때면 저 역시 가끔 지도에도 표시

되어 있지 않은 세계를 상상하곤 했습니다. 그렇지만 한 번도 거인들이 숨어 있을 오지는 상상해 보

지 못했습니다.

우리는 지금 그 어느 때보다 창의성이 아쉬운 시대에 살고 있습니다. 창의성은 언제나 상상력

이라는 거인의 어깨를 타고 옵니다. 도대체 작가는 이 지구 어느 곳에 그렇게도 엄청난 거인들이 살

고 있으리라 이제 상상할 수 있었을까요. 그들이 살기에는 지구라는 행성이 너무 작지 않았을까 걱

정입니다. 하지만 지금으로부터 6,500만 년 전까지 지구를 호령하던 공룡들을 생각하면 작가의 상상

이 결코 무리가 아니라는 걸 쉽게 알 수 있을 겁니다. 게다가 그 엄청난 체구의 공룡들이 작은 한반도

를 누비고 다녔다는 사실을 떠올리면 훨씬 더 그럴듯한 얘기가 되지요. 우리나라 해안의 바위 위에서

공룡 발자국, 그것도 작은 공룡들이 아니라 거대한 조식 공룡들의 발자국이 여러 차례 발견된 것

은 다름 아니지요? 사실은 그들이 특별히 이 작은 반도를 좋아했던 것이 아니라 우리나라가 예전에

는 대륙의 방 땅어리의 일부였고, 그 위를 공룡들이 돌아다닌 것이 이 땅에 지층 위를 다졌다고

가 된 것뿐입니다. 어쨌거나 저는 거대한 공룡이 지금 우리가 살고 있는 이 땅 위를 다졌다고

생각만 해도 괜히 흥분됩니다. 왜 갑자기 모두 훌쩍 떠나가 버렸는지 못내 아쉽긴 하지만 말입니다.

이 책에 등장하는 거인들은 중앙아시아 어느 깊은 곳에 살아있던 모양입니다. 주인공이 그들 마

을에 처음 도착했을 때 발견한 해골의 수가 110여 개에 달했지만 살아 있는 이들은 고작 이틀이었지

요. 남자 다섯에 여자 넷. 하지만 우리들이 지구를 이처럼 황폐하게 만드는 전에는 그들이 여기저기

많이 살았을지도 모르죠. 도대체 누가 만들어 세웠는지 궁금하기 짝이 없는 이스터섬의 거대한 석상

들, 영국의 스톤헨지, 그리고 우리나라 곳곳에 서 있는 고인돌들. 혹시 그 거인들이 세워 놓은 것은 아

닐까요? 누가 압니까, 정말 그랬는지?

이 이야기는 '별을 꿈꾸던 아홉 명의 아름다운 거인들과 명예욕에 사로잡혀 눈이 멀어 버린 못

난 남자'의 불행한 만남을 그리고 있습니다. 아름다운 거인들은 바로 다음 아닌 자연입니다. 못난

자는 말할 것도 없이 우리들이지요. 위나 거대하여 아무런 흘들어도 무너지지 않을 것처럼 보이는 거

인이지만 순전히 우리 작은 인간의 힘으로 이 지구는 지금 이른바 제6의 대절멸 사건을 겪고 있습니다. 지금으로부터 6,500만 년 전 거대하고 느릿하던 공룡들을 한가번에 쓸어버린 제5의 대절멸 사건을 비롯하여 지구에는 태조에서 지금까지 줄잡아 다섯 차례에 걸친 엄청난 재앙이 있었습니다. 그런 대재앙이 지금 또다시 우리 곁에서 벌어지고 있습니다. 그런데 지난 다섯 번의 재앙들과 지금 벌어지는 여섯 번째 제앙 간에는 결정적인 차이가 하나 있습니다. 이전의 재앙들은 모두 어쩔 수 없는 천재지변으로 일어났던 것에 비해 지금의 제앙은 순전히 우리 인간의 불찰과 장난에 의해 벌어진다는 점입니다. 이 얼마나 엄청난 일입니까? 자연이 거의 막바 걱으로 만들어 낸 인간이라는 참으로 못난 집 승이 스스로 자기 집을 부수고 있는 것입니다. 그것도 여럿이 함께 사는 집을 말입니다.

아무리 큰 개인이라도 감써 주지 않으면 넘어집니다. 생물학자인 제 눈에는 우리도 영락없는 자연의 일부일 뿐인데, 왜 요즘 우리 그걸 자주 부정하려 드느지 모르겠습니다. 개인의 몸 통에 작성을 꽂으면 우리도 함께 간다는 걸 왜 모를까요? 언젠가는 저 외계에도 생명이 존재한다는 걸 밝히게 될지도 모르죠. 하지만 아무리 그래도 우리에게 알맞은 행성은 이 지구 하나뿐일 겁니다. 개인의 비밀들은 계속 조심스레 들춰 보아겠지만 그늘을 배반하는 일은 하지 않아야 우리 스스로가 '시간 속으로 영원히 사라져' 버리는 일은 일어나지 않을 것입니다. 제가 숨겨 준 자연이 제 품속에서 편안히 있는 모습, 정말 아름답습니다.

작은 거인들을 지켜 내는 여행

오소희
작가

"침묵을 지킬 수는 없었니?" 책을 덮어도, 이 애절한 마지막 질문은 계속해서 당신을 괴롭힐 것이다. 괴롭혀야 한다. 지금 지구에서 살아가는 우리는 모두 이 질문에 대해 답할 책임이 있으니.

질문을 바꿔 가며 생각을 더 이어가 보자.

아저씨느가 책을 쓴 것은 잘못인가? 그는 지식욕이 강한 사람이다. 그렇기에 목숨을 걸고 험했고 열정적으로 연구했다. 거기엔 '알고 싶다'는 간절한 바람 외에 어떤 악의도 없었다. 다만, 그는 책이 가져올 결과를 예측하지 못했을 뿐이다.

그럼 책을 읽고 거인을 찾아간 이들이 유독 나쁜 인간들이었나?   그렇게 단정 짓긴 어렵다.

그때는 탐험가들이 최초의 검을 얻려 주면, 사업가들이 우르르 뒤따라가 돈이 될 것을 가져오는 것

이 일상화된 시절이었다.

그렇다면 인간은 내내 지식을 이기적으로만 사용해 왔나?   슬프게도, 대체로 그렇다고 말

할 수 있다. 인간은 지식을 축적할 수 있는 뛰어난 능력을 지니지 못했기 때문이다. 아치볼드처럼 지식이 가져올 결

과를 예측하고 통제할 수 있는 능력을 먹는다. 페루에서 세우를 잡아 중국까지 가져가서 절임을 까고 다시 한국

으로 들여와 식탁에 올린다. 전문가들이 계산해 보았을 때 이것이 가장 저렴하게 세우를 먹을 수 있

는 방법이기 때문이다. 세우 하나만 가지고도 화물선이 지구를 몇 바퀴씩 도는 이런 시장 구조는 시

시각각 지구의 환경을 파괴한다. 지마다 "난 식탁에 앉아 세우를 먹을 뿐이야"라고 말하지만, 자신도

모르게 지구라는 '공을룸고 아름다운 거인'의 목을 베는 데 동참하는 중이다.

"내가 거인의 목을 베는 데 동참한다고?"   그렇다. 물론 당신은 억울할 수 있다. "어째라고?

그럼 나만 세우를 먹지 말라고?" 아마 거인의 목을 벴던 자들도 비슷하게 말했을 것이다. "어째라고?

그럼 나만 돈을 벌지 말라고?" 만약 당신이 억울하다면, 자신이 그다지 영향력 있는 사람이 아니라고

생각하기 때문일 것이다. "내가 아치볼드처럼 인정매를 구리고 책을 낼 것도 아닌데…". 그렇다면 새

우보다 더 아치볼드에 가까운 예를 들어 보자. 당신은 여행한다. 사진을 찍고 소셜네트워크서비스sns

에 올린다. 아치볼드가 개척하고, 사업가들이 낡여 놓은 길 때문에, 당신이 가고자 한다면 현재 지구

상에서 다다르지 못할 곳은 없다. 순식간에 그곳의 모습을 친 지구인과 공유할 수도 있다. 당신은 '매우' 영향력 있는 사람이다.

"어쩌라고?" 그러므로 이것은 무책임한 질문이다. 개인을 살린다는 데에도, 지구를 살린다는 데에도, 아니, 단지 그 지구에 있는 당신과 당신의 아이들을 살린다는 데에도, 지금, 책임감 있는 질문은 이것이다.

"어떻게 바꾸면 더 나아질까?" 나부터라도, 내 여행 하나만이라도.

나는 아들이 세 살 때부터 성인이 될 때까지 매년 제3세계로 여행했다. 실제로 서구 열강들이 개인의 목을 베고 금을 빼앗는 나라들을, 실제로 서구 열강들이 북미의 인디언이나 남미의 잉카인들이 이룩해 놓은 문명을 산산조각 내는 과정은 이 책의 본문과 똑같이 진행되었다. 한 번 쓰러진 개인은 좀처럼 다시 일어서지 못한다. 대부분의 제3세계 국가들은 여전히 가난에서 벗어나지 못하고 있다(식민지에서 선진국으로 도약한 대한민국의 사례는 '현대사의 기적'으로 불릴 만큼 예외적인 경우다). 그러나 가난한 자리에, 여전히 '작은 개인'이 살고 있다. 이곳에도 웃지 않는 아이들은 비바람에도 아침볕는 어른들이, 이 작은 개인들은 여행자로 잠시 머물 뿐인 나와 아이들을 특히하면 (마지막 개인들에도 아쉬워 에게 그랬던 것처럼 '아이처럼' 불화 주었다. 값이 밥을 먹자고 청했고, 집에서 지고 가라고 권했다. 그들이 너무나 따뜻했기에, 나도 무언가 주고 싶어졌다. 그래서 고민했다. "어떻게 (여행을) 바꾸면 더 나아질까?" 그러다 여행부터는 가방 절반을 학용품으로 채워 떠났다. 선물을 받은 아이들의 표정이란! 아이들이 바이올린을 배우기 시작하면서, 선물은 물건에서 재능으로 바뀌었다. 우리는 여행 중 반

86

다시 보육원과 학교에 들렀다. 아들은 음악을 전공했고 나는 영어를 가르쳤다. 우리의 실력이 보잘것없어도 그들은 언제나 열렬히 환대해 주었다. "어서 들어오세요! 와 줘서 정말 고마워요." 우리는 작은 개인들을 사랑했다. 그래서 또 질문할 수밖에 없었다. "어떻게 바꾸면 더 나아질까?" 나는 작은 개인

들의 이야기를 책으로 써서 그 수익으로 제3세계에 도서관을 지었다. 아들은 여행하는 사람들이 보육원에서 재능을 기부할 수 있는 프로그램을 운영하기 시작했다. 지금까지 67개국에서 약 350명이 참여했다. 작은 개인들의 위대한 가능성을 믿으면서. 아무리 작은 나눔이라도 연대하면 반드시 커졌다.

인류사 속에서 '개인들'은 여러 차례 쓰러졌다. 하지만 '작은 개인들'은 결코 쓰러진 적이 없다. 희망을 읽은 적도 없다. 개인들이 체험을 몸에 새기듯, 오늘도 상처와 흉터를 몸에 새기면서 대담하게 나아간다. 다시 한 번 말하지만, 당신은 '매우' 영향력 있는 사람이다. 그들에게 이르는 길은 이미 오오프라인에 쫙 깔려 있다. 당신이 다다르지 못할 곳이 없다. 그래서 더더욱 당신의 선택이 중요하다. 가서 가져올 것인가? 아니면, 가지고 가서 나눌 것인가? 희망을 짓밟을 것인가? 희망과 연대할 것인가?

지식 그 자체는 눈이 없다. 아침볕도의 책이 그러했듯이. 그는 개인에 대해 무려 아홉 권이나 책을 집필했으면서도, 인간이 그들과 연대할 때 얼마나 많은 것을 함께 이룰 수 있는가에 대해서는 방향을 제시하지 않았다. 그러므로 지식보다 중요한 것은, 그것을 손에 쥔 사람의 책임감 있는 행동이다.

"어쩌다고?" vs. "어떻게 바꾸면 더 나아질까?"

당신은 어떤 질문을 향해 걸어갈 것인가?

마지막 게임

1판 1쇄 발행 2002년 2월 20일
1판 47쇄 발행 2022년 3월 10일
개정1판 1쇄 발행 2024년 3월 18일
개정1판 3쇄 발행 2024년 10월 31일

지은이·그린이 프랑수아 플라스
펴낸이 이영혜
펴낸곳 (주)디자인하우스

책임편집 김선영
디자인 이지선
교정교열 이진아
홍보마케팅 윤지호
영업 문상식, 소은주
제작 정현석, 민나영
라이프스타일부문장 이영임

출판등록 1977년 8월 19일 제2-208호
주소 서울시 중구 동호로 272
대표전화 02-2275-6151
영업부직통 02-2263-6900
대표메일 dhbooks@design.co.kr
인스타그램 instagram.com/dh_book
홈페이지 designhouse.co.kr

ISBN 978-89-7041-787-5 03860